半江樓詞鈔

張宏生著

詞興起於唐五代大盛於兩宋衰微於元明而復振興於有清余年甫近志學即喜誦詩時有興會亦頗拈毫為之既入大庠專力攻詩於唐宋兩代尤為用力而詞則未盡措意偶一為之

輒隨手散去既而因緣際會操持清詞之纂始推源溯流多方探索於千餘年詞學正變之軌稍有所窺蓋清人治詞堂廡甚大途經尤正朱竹垞倡醇雅清空陳迦陵言存經存史武進張茗

柯出貫串經史融入易理以意内言外比興寄託相號召一時海内從風蔚為大觀又有周保緒譚復堂申之以作者讀者之心陳亦峰況蕙風衍之以沉鬱重拙之思至海寧王觀堂更以

境界說為古典詞學作一結穴流風餘韻迄未消歇然前賢立意卓矣尚矣大雅為之固多名製而未學不務根柢但知模仿恒契舟以求劍遂買櫝而還珠是則詞人雖眾詞作雖多尤須商

權源流披沙揀金先賢論詞或
曰詞為詩餘或曰有餘於詩趨
向不同言說各異竊思蘇子瞻密
州出獵得自是一家之矜李易
安品評詞壇創別是一家之說
蓋詞境欲無意不入詞體求韻

調協諧言志緣情皆為尊體後
人蓌揚光大並行不悖因應時
代有所損益乃有詞壇之盛況
百派之湧流余求學南雍浸染
日多師輩言詞之創作其情其境
有萬不得已無可奈何之説興

薆感動深愜我心故暇時操觚心
摩手追或寄慨於文史或有感
於世事或抒懷於嚶鳴友聲或
馳心於江海山川雖才弱學譾
聲格未嚴然真字為骨差堪欣
慰如是三十餘年篋中漸厚門

人屢以編集事為請以雜事繁冗一再遷延庚子辛丑之間宅居多暇乃董理舊作删削過半都為一集付之剞劂並世審音者幸有以正之壬寅初春彭城張宏生序於金陵半江樓

半江樓詞鈔目次

卷上

半江樓詞鈔卷上

望蓬萊

半江樓

吾廬好，夏木送新涼。白日依山長駐景，大江入眼更推窗。高卧自羲皇。

其二

河西路蛙鼓滿池塘時過片帆
渡旁渡偏兮一水江外江風裏
笛聲長

其三

抛書倦欹倚意閒閒鷗影聯翩

斜照外沙洲位置小窗前花信
更流連

其四

明月夜空闊水雲西唧唧草蟲
鳴上下迢迢星斗辨高低岸柳
漸迷離

其五

新雨後極目昊天舒汽笛前船催後隊啁啾舊燕挈新雛苔蘚上庭除

其六

狂風急棚動欲翻飛雨暗攀墻

編鐵索雷驚涉水遞蓑衣樹影又參差

其七

長日靜檣陣過千灣漁唱聲聲明晚照晴波灩灩入澄瀾葦蕩烏飛還

其八

憑欄處萬象盡從予時雨偶然迷遠浦熏風隨意蕩清渠今夏好樓居

前調

山房

山房住睒隔雨年春處處避人
尋曲阜朝朝落閘閉深門徼信
寄聲聞

其二

鍾山麓蒼翠繡成帷一片梧桐
三面水萬叢穗竹半坡梅臺苑

誦清徽

其三

板橋畔湖上盛蓮花款款蜻蜓添野趣翩翩燕子舞芳華臨水唱誰家

其四

香泉水萬眼匯戎橋波繞山環
閒別業花繁竹茂動輕篙油菜
綻新苗

其五

相攜衆嘉賞有新詩白鷺洲前
懷蜀客將軍山下覓牙旗行處

總依依

其六

通五省放鶴記東坡九曲雲山
新碧嶂一泓烟水古黄河桑梓
蘊情多

其七

仙林聚歲歲校讎勤嘉道音聲
開遠大雍乾筆墨辟專門講習
好經綸

其八

平居意舉措每驚傳跌宕心情
車過嶺蹉跎念望海迴瀾何日

樂江關

醉太平

大澳

依山户居梯橋步虗水邊柔櫓

相呼看人潮肆墟　帆張罟漁

船行作東蜂房迴轉棚區問村

醪里閭

生查子

上海中國詞學國際學術研討會步振振兄韻

中庭暗桂香律正金秋節卅載又華東生意原無別　才高舊

調新贍闊銅琶鐵朗詠海風清

共此舷邊月

卜算子

行山次王觀韻

周末總韶光人作閭家聚南國

相逢似有緣山水清和處　花

蕟一年新漫説春將去幸得香
江伴友生日日春華駐

謁金門

遊城門水塘

佳時序寒重喜偕儔侶一樣青
山新柚桴閙鸝何處語　壕塹

暗来微雨木末連綿洲渚林下
馬騮容與處仔蝦相爾汝

清平樂

貝璐道

叢山野徑佳日乘清興莫道懸
坡人蹭蹬笑語峰巒和應林

間亂葉鋪陳樓臺隔岸氳氤背
簍敢誇年少馳通萬里陽春

前調

鴻燦過境蓮花湖有見
風狂雨猛轉瞬青天瞑水閣高
低搖不定湖上傲驕紅影池

塘護取雲霞階前咫尺天涯縱
是高天吹勁吟邊無礙芳華

慶春時
紀念七七級入學三十周
年余因事不克與會遙寄
諸同學

平湖冰澌關山雲散芳信猶疑
樞機乍轉翻飛綠帙驚看斗星
移 三更燈火重驗今世心期
風華日月春秋翰墨都在夢圓
時

漁歌子

海底漫步觀魚

駛風帆鳴機軸索懸一線親艫舳緩漂浮輕躑躅舉目翩翩鱗族　去來迷遊泛倏袋中餌散猶相逐影如飛動似蹴水底紅珊盈掬

西江月

三冬佳日豔陽清風經
紫羅蘭徑遊大潭水塘
小憩於紫崗橋畔友人
有唱西江月者深情綿
邈空谷傳響

潭篤塘前林茂紫崗橋畔聲喧
舊時蹊徑正鮮妍壩下澄波似
緞　佳日艷陽流照清風瓊島
迴環西江月裏憶華年往事今
吾點贊

人月圓

形萌萬衆憐懸態陽氣破冬霾
馳驅冰魄迴旋雪嶺浩蕩佳懷
畫眉新樣鼓呼閨閣論贊顏
開闢情共說秦臺毳索日下標
牌

少年遊

壬辰初夏郭傑嚴華兄招飲羊城適傅剛繼凱崇新兄亦有良會於京華乃相與致電互通情懐

當年意氣盡雄豪日日理文韜

東軒日暖南郊閒步朗詠月初高嚶鳴卅載無窮意長憶舊笙簫嶺表傳語京華馳電今夜共醇醪

前調

青年路小學百年華誕

奉贈諸同學

春華秋實青衿絳帳情懷碧天長夢裏朱顏座中譜笑莫道聚蒼黄　依稀是少年行跡歌伴舊笙簧歲月風流把樽執手共憶好時光

南歌子

暨南大學召开詞學國際會議施公議對先成南歌子一首因步其韻

奉和

此日花城會高吟味短長木棉

花下競傳觴，見說金聲玉振，滿華堂。樸雅能兼彙東西，各鼓揚新詞舊韻，動清商。更得青衿犖犖共參詳。

鵲橋仙

海客有談江湖事者漫

成此解

江門潮湧羅浮浪急漫説鷗盟

有夙當年海徼話瀛洲御不道

潮波盈縮　蓮塘荷亂崖門雲

起何處逡巡麇鹿微蟲肆虐徼

周天為詫愕千般翻覆

臨江仙

文革後期余識新銘先生於建材局公務之餘時相酬唱一別近二十年忽承惠寄三寸春風集感賦

瑞雪紛飛雲意重廿年夢裏曾
經梅花枝上憶君清縱橫千古
事危坐數群星　別後琴音長
嫋嫋春風又起彭城一觴一詠
總關情重看三十里放鶴待新
聲

前調

馬鞍山

煙景聯翩爭入眼野雲瓊島澄
瀾參差帆影白沙灣蒲蘆舒亘
處穹窿變青鬟　聳背牯牛相
識久街旁依舊悠閒鷺鷥弄巧

作綿蠻紅黃兼綠紫冬韻各斑
斕

前調

長洲

飛石何年從碧落去来潮汐滂
洋插天依舊映帆檣斑然千百

孔峭聳遍華章　犖确叢巖波
一線幽微敢斷乾綱宋皇玉輦
待評量臨流多壯闊浩蕩總無
疆

前調

大浪灣

路入林叢聞百囀澗溪流水潺
潺白帆點點碧波間日光穿隙
樹雲脚探埼灣　海下年来鶩
世事赫然樓宇新盤墻泥滓湼
愧青山天然方大美機息净郊
寰

前調

與葉山秀潔伉儷飲於

鯉魚門

拂面薰風明晚照雜英深淺芳

林蘭蔔羡洒動高吟歡言期妙

墨片翠笑題襟　冬月香江群

彥會嚶鳴重把瑤琴鯉魚門裏
費幽尋魚蝦欣好味更奏海潮
音

前調

九龍塘

南國風情殊北土繁花四季飄

香浪峰疊雪隱帆檣心隨東逝
水人在九龍塘　瓊島縈紆迷
遠近高樓又接高岡卅年何處
覓乘黃閒尋當日事笑語滿迴
廊

蘇幕遮

暇日觀書每有可述者

因戲作集句

雨霏霏寒梅苑對雪樓前笑語
清茶半皓月流空来小院綠柳
高槐縹緲何方雁　際煙塵期
汗漫玉露金風皎皎星河畔青

島翩飛蓬山遠堤上黃蘆幾度
明湖蔓
釵頭鳳
讀通鑒
周天亂風雲漫萬民惶恐無涯
畔平田畝悲黔首大江南北馬

勃牛溲負負負　千秋短歸途斷血痕長浥梔花爍除塵帚鮎魚、藪治平心事怎知良莠鬥鬥鬥

鷓鴣天

懷古二首

國脈昌衰端有因乾坤清氣賴
扶輪聲聲入耳周天事夜夜憑
欄轉轂身　樓百尺道三秦浮
雲須洞走風塵都門望闕無窮
意杜宇誰家苦喚春

其二

人到淮河感古今峰前殘壘費
追尋長風蕩激黃龍劍濁浪沉
浮碧玉簪　情侘傺氣蕭森戰
和處處動關心拍欄渾欲呼堯
舜北斗誰言不可斟

前調

南遊

颯颯輕風隱隱霾琴聲入耳雁
初排半銷殘醉仍呼酒吟羅新
詩遽羡才　紅雨芰綠庭槐蕾
黴小院幾番開南溟踏浪真豪
肆敢祈天風海上来

前調

渡揚子江

擾攘塵囂劇可憐長河萬丈正

揚瀾雙懸日月心中鏡半隱雲

龍檻外天　闌漫倚指輕彈搏

鵬胸次總嶔嶔臨風舒捲平生

意醒拍清歌醉扣舷

前調

文學史講蘇詞

迢遞高城氣正淆依前把酒更
持螯胸中塊壘真知己筆下崢
嶸半解嘲　儋耳恨賞心潮闌

西鐵板倩誰敲滿天風露從望
眼瀰水何人東白茅

前調

明月樓

明月樓高徹骨寒笙歌幾處韻
正酣朦朧光景須千載迤邐經

綸定幾篇　虛宇屢固籬蕃離
思漫逮水雲灣素懷誰是拏雲
手肯向庖人問爨煙

前調

詠史

月缺月圓誤眼眉音聲百囀鬥

高低虛欞風鏤千秋雪壞壁衣

裁萬粟卮　風剪柳雨凋梅樓

臺煙鎖斷芳菲茫茫世界誰知

處日暮江潭葉離披

玉樓春

遊嘉道理農場

兼旬霧雨初晴暖嘉道圃園重
晤面山間流瀑水聲多苔滑藤
蘿絲欲亂　慈山大埔情無限
元朗薄林先入眼道旁檢點大
金鍾花好何妨閑一半

前調

丁酉浸會中文系有五
十五周年之慶余適主
其事斐然有作
獅子山前春事早海外鴻猷詩
嶺表英才作育樹芬芳并軌創
研輝炳耀 紫蕊香漫佳氣貌

歲月崢嶸人靜好潮平欲唱大

風歌處處清漣含綠篠

踏莎行

元荃古道

溪澗紅深峰嵐綠淺芙蓉小苑

芭蕉展巖泉紆曲碧蔭遮田夫

仔畔青山轉　紫蕊輕垂黃鸝
暗囀高低径路遊心儁慣尋石
罅誦新詩無端絲雨撲人面

前調

長洲

小径陰濃繁花色亂篷帆點點

波如練兀然奇石矗晴沙丹輝閃爍漣漪見　天際鷹翔林間草茵誦詩列坐礁巖畔長天澄澈遠塵囂秋聲卻伴雲霞捲

前調

大灘

淺浪微茫晴灣浩瀚大鵬大亞
遥岑見帆檣簇簇競乘風溪橋
影動翔鱗亂　陌上花喧林間
鳥囀遊人攘攘行途漫曲江心
事倩誰知大灘山水同流轉

蝶戀花

暇日讀各朝史每有所會輒以小詞書之效周介存體

葉落東園黃雀語風雨無情衆卉偕誰與燕子還巢来又去苔

深其奈無階礎　醽醴年年鄒
與魯柳外斜陽那更攜尊俎漠
漠重洋何處所丁香樹下呼朋
侶

其二

歷亂關河迷晝夜隕石成災光

怪来何年信是冥旨真作假遥
廷鹿豕皆爲馬　叵耐烏蠅尋
縫鎛鳴雷砰訇入耳無聽者彼
岸星輝原可藉冱寒總在高天
下

其三

漠漠陰雲籠四野，滿目飛煙暴
雨初傾灑萬眾狂呼驚鴨霸天
閽咫尺無聽者　千古春秋期
快寫霧裏堅城豪氣誰相假信
是初心難苟且迢迢傳語如鄰
舍

其四

瀚海徼茫何處所萬里移根鱗
族驚孤嶼最是偏師稱勁旅八
方詔告能豪語　歲月浮沉終
得沽遊處韜光轉眼大旗舉本
是同宗誰惡腐機關先失成盤

俎

其五

迢遞銀潢知近遠為報仙郎天
上飛華輦直北熹微光欲滿重
洋浪起爭流轉　日月陰晴濃
復淺何事熊傒秋至開心眼總

是親知難選揀隨心紅雨憑舒捲

其六

風裏飛花霜下草振臂高臺萬衆同傾倒欲識先機能自保雲雷滾滾收將好　莫道深房醒

獨早進退階除慧智知多少面目深藏天機杳前塵往事誰為導

其七

滄海橫流獅子吼矢石飛時自許乾坤手淚血長街空户牖生

民何若哀關紐　作起狂飆忽
抖擻怒向瀛寰卻似將舒柳青
史無情書豈偶千年意緒天知
否

其八

㘭怒喧豗聲已滿晴雨相隨唯

恐江流轉無盡誅求心作繭欲深大壑反成淺　道阻仙鄉長且遠遥企蓬山總是途程減無限激情空攬攬劫灰燃燼誰能挽

其九

滾滾怒濤帆不穩險立潮頭處

處風雲緊淆亂笙簧多瓦黽生

涯跌宕民爭忍電火一朝言

接眕肇釁輕開脈象難調詮妄

語穿空能接引百年基栻呼修

謹

其十

裂岸崩騰殊未殄容路狂奔無奈途程蹇眼底陰雲來又遠風頭日日輕驅遣　泥淖層層隨拐跣收拾無時覆水傷難挽驛驛疲忙空輾轉盂陬新律為誰

建

其十一

緩作迴聲倏轉斗顛簸無時何

以安吾守原點一朝空擊缶中

流繫纜悲風吼　縱抑樞機嚴

户牖進退難全念念生民口未

懨離心期載覆飢鴉處處鳴衰
柳

其十二

南嶺侵鬟復北嶺恩怨仇讎流
雲誰操秉劍氣樓臺寒意懍橫
街處處能雄騁　端敬從来心

耿耿汗血沾衣入耳音聲冷大
轟寒霜来市井潮頭奔怒情彌
永

其十三

雲怒風狂窗葉捲暴雨連朝持
護来何晚摧折倏然花欲剪磨

心隊隊空驅遣　山外清雄疑
近遠莫是高枝寧極期新囀鐘
罄一聲馳翠輦欲從萬象凝望
眼

其十四

豺虎啼嚎失皓月氣運關心底

事戍騷屑入夜蚊蠅同嗜血欃槍忽動哀寒冽　一瞬長城能毀折撐拄坤維卻作雲泥別魅影幢幢蹤可躡瘴煙到處明珠絕

其十五

日日江頭憂墜霞誣是成非幾
見緇為素濃霧遮天無尺度卻
言天遠高難訴 敲撲錚錚聲
可怖花果飄零霜雪彌騖懼顛
倒方圓失故步渦流旋攪誰依
怙

其十六

自古生民天地德失據經年深
怨同南北厝火積薪騰頃刻劫
来輕縱心中賊　惡漫纓弛疑
可則殺伐濃情戰地驕型格驚
見滿城吹號角妖風過後連雲

黑

其十七

驀地飛沙風逆亂夜幕撕掃訇
哮来雷電翻轉銀潢將倒灌雲
山烟水容顔變　隨盪寰區頻
輾轉擾攘如梳處處騰光炫縱

使豪情呼百萬帷屏暗掣何方
箭

其十八

號角連營知首禍四望蕭疏汀
渚傷寒落萬里流光空照破挾
民慣作風吹火　摇漾懸絲知

計左橫暴隨心予弟從來妥瓶裏魔妖差欲可靈臺兵氣誰關鎖

其十九

豈意通途成偃蹇雷音臆語天近人心遠相晤方知深亦淺雨

雲卻又堆層巘　蹀躞何由来
復返不信清平轉眼歸冰炭忽
見胡奴尊碧眼風来無地悲秋
晚

其二十

日夜喧囂呼不醒四望雲深日

落千山暝輾轉橋頭空縮頸烏鳶紛作蘑菇頂　前路誰知倏忽影逆順亡昌羽纛任馳騁南北閶闔飄風雨冷彌天煞氣何人省

其二十一

綠暗紅稀春晼晚小徑多歧桑下蠶生蕑燕子去来風似剪陌頭人語聲聲軟　隔坐兮曹千里遠藏日塵霾清角恁驅遣夢裏温言能縫綣經年終見書盟淺

其二十二

漫漫天人無作準瀚海山搖二月寒成陣節候從来鶯燕認仙山瓊閣終難近　道是春来輕諾信井底長綆苔蘚期疏濬迴首千年長逸韻枝頭猶待花清

潤

其二十三

燃釜積薪休說早歲歲雙棲旦暮蓬山杳燕竿歸来許窮窕承平舞馬人先槁　德允音聲何限好叵奈三眠盡作無情惱夏

日蟬鳴秋已老同心愁悒憂如擣

其二十四

千里關山須穩慎隻手車薪難
把江湖濬迷霧重重遠亦近悬
知大智退為進　節弭崦嵫堪

自信鑄錯金甌百感集雙鬢獨守一燈垂落燼驕陽秋葉忽成陣

其二十五

風慘雲淒成畔界危履飄搖依舊青山在撲面霜寒心不改孤

帆何事漂江海　蜂鳥聲消鴻
雁怪往事前塵史冊勞光彩休
說金城多冠蓋江湖網羅誰能
外

其二十六

萬里江山真如畫鳥影翩翩高

厦誇瀟灑新樣由来爭取捨還
期日日從陶冶　其奈遊觀成
倒掛律令隨心巧語安能藉衆
裏相喧談世法岩岩偉貌堪嗟
許

其二十七

萍絮飄然難進退縱恣優遊總與靈心會明月初昇晴復晦踟躕雨造誰為最

苦恨生民時命背歲歲笙歌海畔羅軒蓋理節去来相控帶非關善惡三千界

其二十八

躑躅河間聲與討遠近蓬山樓閣何方好頃刻微寒来亂沼紛紛失語藏紅襖　生計叫閽須趧早自許深根節勁非殘腦車鼓平西聲忽杳眉間心上如何

禱

其二十九

潮落平明驚又漲鏤骨荒寒觸目皆榛莽憂憤填胸空指掌蛛絲過雨成羅網　年少三河歌擊壞信是媧皇渾欲崑崙徃鑄

錯方知應矯枉年年行色添淒
愴

其三十

寂寞長河空向晚殿陛謳吟萬
衆来将返淚眼相逢傷足跣楚
音聲裏仙家遠　隕滅誰知狂

悖屐礎石門扉盡作寒潮捲休

説年來滋九畹韶華滿目空消

遣

前調

浮潛

獵獵海風吹浩渺水底乾坤千

載誰知曉五色珊瑚許窈窕翔鱗無算珍叢繞　一霎浮塵生麗藻相逐游魚過影行蹤杳晃漾氣波天弄巧悠悠萬象同飄渺

前調

康河

柳暗康河初日曉，庠序連綿才
俊知多少。依舊柔波浮荇草，翩
翩鷁鷁舟前繞。　故國去來遐
思渺，揮袖經年，夢裏星輝好。作
別雲巒琴意悄，華章長映河邊

道

前調

平頭

羣動川原雲影亂大號平頭天宇初雷電跋扈由来誇傲猾蠍蛇入眼觖強悍　疾走八方空

汗漫咆哮年年衆庶遥河漢賴
有雄獅稱偉岸孑規無奈啼腸
斷

前調

大鱷

南海濤頭浮大鱷椰子黄時颶

暴驚搖落貪得珊瑚裝傑閣忽然萬丈臨深壑　動地狂呼来五嶽衆意浮沉底事堪如昨等是衰榮先有託憐渠羽鼈談強弱

前調

己亥冬日與諸友人相約行山以路途不暢遂改聚圓方之利苑

曾作行山金石約此日行山不道聲蕭索赤柱大塘空翠幄片雲杳杳寒煙薄　縱是城頭催

畫角老友闌情小苑同斟酌夜
夜潮迴冬寂寞還期風日重寒
廓

唐多令

道南雅集

論學意迴甘嶺南即道南話金

陵細雨晴嵐銀杏玉蘭猶入夢
餘幾日又同參　麗日媚澄潭
清光明月添聳門墻萬丈雲巖
語羅珠江風拍浪共儕輩鼓千
帆

一剪梅

福唐體

一夕橫瀾忽閉關鼙鼓榆關塞外窮關八方懸隔阻重關詩賦江關仰叩天關　日日山房盼啟關才說通關又變嚴關深灣卻似劍門關何處鄉關漫漫長

關

漁家傲

馬航

青昊驀然迷障霧春寒更灑三更雨萬里音聲旅復沮從誰語

茫茫天海知何處斜照蒼山

傷日暮煙波浩盪無歸路狂悖
渾疑能窘步情如故長空奇幻
原無數

半江樓詞鈔卷下

淡黃柳

紫羅蘭山徑

山川潤湛一夜熏風染嫩綠鵞黃新點點嶺表馳飆勁撼飛起山茶碧絲毯　畫圖罨羣峰秀

堪攬碧光動漾如糝閒煙岑甚
事能封減小径迴眸覓春何在
無盡芳林映掩

破陣子

石壁水塘

萬綠叢中春暮嵐陰散盡晴明

徑仄忽来飛蝶影葉密遥聞拍
岸聲黃鸝花底鳴　朗詠新聽
蒙誦浪浮背伴潮生環島幾成
胡廠約坦腹長期羯鼓情沙低
雲穀平

喝火令

湯加海嘯

一霎坤軸裂長天忽仄斜火漿
噴迸黑雲遮卻是大洋狂嘯劫
難說湯加　瀫裂驚洪水崩頹
見爪哇耗羸淫雨變乾嘉憶著
塵灰憶著沍寒奢憶著氣流穿

對密霧隱嗚笳

行香子

八仙嶺

飛瀑澄潭照鏡霓裳正初冬節候新涼羣山叢碧遠水微茫有數竿竹幾枝柳滿襟芳　杖藜

勝馬嗁燕隨陽疊追呼又過高
岡翩翩蜂蝶嬝嬝蘆芒更林叢
密石扉仄洒醪香

青玉案

畫院

年年畫院拈花譜更此日寬庭

廡廊閣歸来成舊雨十年情事
幾多真幻轉瞬新門户　町畦
徑道驕寰宇滚滚煙塵勢如虎
眺覽周天誰作主華堂闢鎖序
行攬擴風勁催檣櫓

解佩令

峽中

風雷裂迸驚濤暴猛鼓帆檣芳
華留影正下江陵有灩澦氣淩
叢嶺嘯清猿四山忽冷　風流
待整竒峰未迥日昇時遐方将
醒雨雪経年悵跡痕冠成紅頂

想銅仙道途夜丙

江城子

澳門第二屆中華詞學國際研討會諸公有作步韻奉和

詞家賦性本真常卸時妝向紫

桑萬木崢嶸道是小春陽檢點
風流今日事馳駿足駐流光
唐風宋韻待分疆詠濠江共華
章繼往開来妙境總難量記取
茘華千古意憑大呂唤吟商

風入松

長日校全清詞之順康

卷補編稿斐然有作

薰風嫋嫋滿平岡碧水清揚羣

峯天矯連雲處燕鶯飛隱約笙

簧花木扶疏几畔參差嫣紫嬌

黄欹斜猶自醉書香白日初

長赭紅點點催毛穎待從頭細
酌輕量屐履聲来何處縈星小
苑迴廊

前調

長夏偕諸生校理全清
詞之嘉道卷

幾番溽暑雨兼晴照眼綠陰明
窗前鳥影啁啾過正佳序千里
逢迎室雅帷閑盤鍵庭深何處
苔生　雲間天柱嵩崚嶒心在
最高層嘉猷卅載披榛莽待詞
苑卓犖新聲會看園中花樹熏

風遍地芳榮

千秋歲

澳門游盧廉若公園有

歌粵曲者音調甚美

雕磚甃瓦庭苑新臺榭蘭有意

蘿無罅翩翩来翠鳥荷盡池如

畫絲竹起惠風是處飄然下
拂水垂楊含飛影高榕架揚粵
調真陶冶騁心隨錦鯉造化知
清雅凝睇久世間放曠原無價

前調

香山

丙申十月有北京之行訪書之餘偕諸生登香山是日霧霾初退高天如洗紅葉將綻爽氣撲面然人潮洶湧摩肩接踵亦為罕覯之景當時

得香山秀色人如海一

句後足成之

近畿城外平旦塵霾汰波漾日

煙飄風帶雲平連大漠枝老能新

蓓南雁遠烈風過盡高天改

伏息知何待聯蹇聆真宰心念

孅誰闗闠敗荷翻舊韻亂葉描
華采登臨處香山秀色人如海
促拍滿路花
貝澳
千層鋪翡翠萬里引銀潢灣環
礁礫喚輕狂鬆鬒根舒捲何處竹

桃香春色來貝澳最是遙窪近

嶠淺綠深黃　檻前詩誦高妙

霽朗忽新陽灘頭林下水雲鄉

鷺鷥黃犢無語自篁簧更有翩

然趣密葉疏影隙間細數幽篁

法曲獻仙音

沈祖棻先生百年誕辰

紀念會感賦

晴雪新寒素花凝碧檻外簫清
梅怨楚尾吳頭斷鴻聲杳淩波
已共人遠縱繾綣芙蓉苑江干
歲華晚 玉箋展總春朝綠窗

煙靜留戀處偏是蕙蘭香慣曲
曲寄神州更闌干夜拍堪遍珞
珈山前憑登高托寄怎遣早華
章惠我悟了詞心將半

滿江紅

揚子江懷古

浩蕩江川長亭外滔滔逝水看
萬卉沸騰瓊苑嫣紅姹紫晴日
忽驚風共雨徽衷竟化悲和淚
歎年年歲月褪崢嶸芝蘭佩
三春事何抑沮千古意能無愧
肯頭顱熱血鑄成心史世亂逕

迢来駿馬時艱濟濟期多士待
攜將廊廟展新圖陳樽俎

淒涼犯

宋城憶舊

瓊園桂魄憑欄處韶華歲歲蕭
索滄溟浪湧花光十萬衆星飛

落天姿卓犖遍縈陌篝燈亮鑠
記重来流光一瞥甚浩氣如昨
輾轉長衢事初日狂歌晚煙
清角連營鐵騎共何人騁懷城
郭當日豪言恨難盡瘡痍朽惡
待平章千秋功罪許後約

滿庭芳

少游為東坡門下士而詞風頗有不同昔年學術考察嘗訪其鄉遊高郵湖湖在城西野趣盎然因擬其體漫成一解

柳引東風洲連萍荇湧波鷩作
濤聲曲塘低影飛蛺蝶輕輕閒
覓年時舊跡苔痕上蓮葉初青
斜陽外野雲一片傳笛裏鷗盟
飛蓬飄萬里重来燕子難認
空庭漫濤拍汀洲碧浪千層亘

古車痕宛在抬望眼星月朧明
迴欄處王孫賦就芳草又春榮

前調

寶雲道

石罅苔深樹頭嚦軟遠林時變
陰晴鬘痕滴處低蕊探紅英一

帶中兮杳渺枯藤外天與樓平
時相向空山燕陣弄影戲華燈

飛觥令並古長亭乍別霓彩
旋迎漸燈灺歌闌難解鷗盟潮
打香江雨岸宋王艦欲住還驚
東風爽纖雲芳草麗日上高城

前調

友人招飲臺北有贈

千里關河一冬寒雨曉来山色初晴接天樓宇皓月淡江清認取扶桑舊韻琴聲杳羅幔輕盈緋徊久燈深酒冽宛在最高城

籌觥佳此際長沙說罷爾汝忘形更紋篆奇瑰彈扣晶瑩擕取江南碧靄相憶處天與潮平晨風靜星低月小坐對紫雲屛

前調

敬亭山

雲鎖峯巒煙遮湖沼嫩寒天色
氤氳片時豪雨松葉亂紛紛山
澗清流道道傳芳信千里江門
迴眸處鍾期何在管鮑渺難論
乾坤風浩蕩鯤鵬振翅天地
無垠任筆墨生涯跌宕殷勤一

瞬心期萬世平沙遠浪過無痕
因誰問相看不厭五嶽動雲根

醉蓬萊

采石

正長江萬里掃卻遊人晚秋心
緒翠葉流丹恰今朝新雨野菊

香濃暗蛩聲杳恐衆芳將誤去
雁無情歸帆有意碧雲千縷
漫把金樽快彈衷曲酒裏情懷
琴中佳趣煙鎖南峯有亂紅深
樹作唱停雲更賦流水澌壯心
如鶩浪暗吳山雲鷺秦塞月舉

風露

夏初臨

蓮花湖消夏

拂柳鳩鶯撲花蜂蝶格桑初滿
平岡蒲葦隨風小船撐入蓮塘
移来茂苑林樟恁追尋蛙鼓笙

簧綸絲階畔鳶箏榭上掠水風
涼　亭亭湖面千畝田田碧雲
白鷺罨畫雕梁清圓窈窕最嘉
葉蕊初芳笛韻悠長踏熹徽男
女成行漫淌徉猶戀溪橋上紅
影斜陽

瑣窗寒

信剛校長講歐亞史事

月暗蓬山雲迷鶻漢浪来如虎煙鬟半軃惆悵深恩傳侶苦經年鳴鏑擊鐃西遷東向能誰主竟流空光曳聲銷夢斷悸魂何

處
邊宇聽鼙鼓正霾霧金城
擾紛部伍嘉平統約甚事歃盟
封堵忽迴眸玄軌蜿蜒絡繹八
方旌要路亞歐閒駿馬能馴歎
惋多簪組

前調

讀新著再用前韻

坰野東歸心旌北望雨龍風虎烽煙塞色驚散衡陽佳侶夢初迴中宵箭雨森森鎖甲春無主正街頭人泣水濱鷗哭更誰知處　靈宇荒城鼓記瀛島豪雄

孤忠卒伍波掀碧海戰骨蓬蒿環堵悵年時遠戍邊烽鋒鏑縱橫腥滿路網目間浪語堪驚苦恨輕投組

渡江雲

桃花潭

吴頭連楚尾轂輪輾轉總見碧
雲遮正篷帆繫纜嶺外長風覓
澤畔桃花高歌轉踏有豪士近
水山家能忘情壇開醇酒山水
共敧斜　天涯潭邊長揖浩渺
江湖盡山川如畫君怎知茫茫

煙雨遠磧胡沙雲霓浩蕩飄然
去渾不意前路槎枒揮手處江
頭不盡蒹葭

高陽臺

金寶山筠園

姑射瑰瓊瑤臺玉樹何由謫向

寰中瀚海闌干應憐春意朦朧
雲閒忽有清音近正簫吹月色
迷蒙更誰知播種芝田湖畔青
峯　凡塵未駐青鸞駕竟水流
花謝渺渺紗籠剩有筠園清歌
長伴蒼穹他年許帶天涯信料

同人急整帆篷漫吟邊金寶山
前立盡東風

前調

攜諸生遊西湖

翠葉凝珠紅魚唼浪長堤落日
飛煙廿載重遊跳珠白雨依然

雷峰窈窕青山外影迢迢映月
澄瀾最欣然雩舞隨風湖水徼
湲　金樽瀲灩雷聲杳恁揚州
花信白下晴巒油壁香車吟邊
記得華年莫雌身手何由問杜
鵑啼一樣孤山杏花欄飛去鸞

皇不盡纏綿

前調

夢窗爲南宋一大家晚

清諸子每規橅之於其

造句之精尤有所會暇

日觀書試擬其體

鍾乳凝寒靈芝洩露望中盡是
瑶琳樹色隨煙長亭濁酒重斟
蓬瀛不恨風吹雨恨落紅萬點
湖陰正驚心燕子歸来流水浮
岑　詩思不在寒江上在華燈
影畔石壁雲林蘭艾香殊杜陵

可奈蕭森春泥若有惓惓意到
夜深誰爲披襟隔重簾篆冷篝
燈懶作鳴琴

念奴嬌

太湖

瓊田八百浩茫茫減卻三分清

暑斷荇逐流應有意漫道翩躚
如許激浪澄懷灘頭縱目一霎
黃梅雨荷風清冷采蓮人在何
處　遙想一葉歸帆飄然西子
湖上煙波路漭蕩五湖當日事
甘薺何如荼苦翠筱娟娟夏蟲

切切萬象欣相遇吟情千里素
心盟與鷗鷺

前調

詠史

六朝龍馬負圖心未許等閒沉
陸指點江山應記取年少儒冠

初服潮打空城水兮白鷺萬丈
懸飛瀑壯懷高詠軸坤俄瞬翻
覆　圯上黃石猶存千年風采
羡酒巾重漉戲馬臺高風露重
處處戈橫槍簇北過雲龍南歌
玄武南北無巔促風流江左一

鞭鷟起飛騄

前調

遊褒禪山王半山屐痕在焉適文學史講北宋學生有詢之者錄贈

羣山列峙覓唐碑宋刻綿綿華

翰油菜約期花似海林外水平
天遠宿雨初晴暮雲乍起蕩激
情無限憑高極目望中深杳禪
院　幽谷石洞訇開溶巖重疊
踏湧流飛漩燭火滅明成窟步
未必迴頭涯岸俯仰千年鏗鏘

三事僶俛從吾斷學行開濟一
般瑰異偏蹇

前調

車行内華達州用東坡
赤壁懷古韻
萬方行脚恁看盡蒼莽羨西風

物烈峭飆風來大漠遥望連綿
峻壁亂障橫空凝雲斷嶺磧草
渾如雪淘金潮起幾多裘馬驍
傑　蕭索難見窮荒轉蓬新日
色青痕叢蕟澍雨何時天地廣
繁漫丘原蹤滅縱貫遨遊奇瑰

呼老杜短搔銀髮揄閶遥想礫沙還上新月

前調

重過燕京

東羡佳氣看儒林留影燕京風物閬苑紅樓鳴萬籟長蔓青藤

畫壁舒捲叢雲激揚林薄嶺上
熏風薮庭軒灑落望中峰翠千
疊　壯歲心事拏雲去來何處
江渚波泓澈古韻新聲堪唱徹
歲歲清歌一闋長夏晴曛高秋
萬木零雨念吳越海天無際舉

杯再邀明月

桂枝香

丙戌秋日攜諸門人遊將軍山

寒雲情駐恰暗度金風隱約霜樹綿亘青山似帶翠嵐低護杉

深宛轉溪橋裏乍迴眸雙飛鷗
鷺探幽峯嶠微吟水榭緩尋歸
路　舊壘在當年意緒正高履
將頹忠耿堪數一樣神州漫説
漢家胡土金陵王氣非耶是但
齊臺宋苑飛絮犎攜諸子將軍

山下素懷千縷

水龍吟

金塔瑪尼火山

南來萬里濃情蛋花椰果無儔
地穹崖峻邁海風明爽碧峯蒼
翠絮帽相裁一山突兀頑雲如

睡盡灰濃遍野郊原蔥鬱山頭
是人煙萃　衢巷長鬃如幟感
靈祇水粳相饋額黏粒米福求
三季秧禾盈穗擁簇雲臺羣峰
来赴窈然幽秘更誰人統合蒼
茫萬象共人天備

憶舊遊

澎湖

記黃梅季節綠滿江南鶯唱高岑鳳鳥京華使送煙波海嶠蕩激綸音小樓宛轉相對往事細重斟總雨打風吹天涯望斷但

見層陰　誰言路迢遞有萬里
鵬飛縈念追尋白浪沙灘逐更
侵晨紅日深窈椰林舊遊彷彿
何處猶有少年心倩鷺鳥相知
清歌歲歲調素琴

前調

歲次庚子日日宅家遙

寄行山諸友

記花閉北阜鵲隱深林郊外清

遊屐履香江遍盼晴和四序日

夜綢繆幾多岫壑幽谷飛動慈

凝眸更大浪灣前金鐘嶺畔石

澳灘頭　悠悠溯年候念十數
年前綠野嘉猷賞遍佳山水蕩
胸中詩意相伴吟謳衹今漫說
沙士何處覓朋儔正四月春風
潭邊旭日芳卉稠

慶宮春

乙未夏家人偕作萊州故鄉行爰賦此解

南嶺長風江湖絲雨近鄉漸覺情怯雲影飄旋車輪振轂柳蔭遥望曲匝幾回魂夢裊長夜穿波過峡今朝一見山海依稀豔

陽光洽　掖候灣裏鷺濤八十
年光尚聞盟歃烽煙東齊霓旌
萬點浩蕩扶危洪業酒醇人醉
更何處鄉音問答親情無限萬
水千山繫聯感納

齊天樂

日月潭

幾番魂夢天南去　兒時放歌如許拂柳波晴催花雨細都在春光深處參差燕哺似迎取行人悄聲低語塔影斜林光陰數盡更誰諭　追隨月明竟古看潭

澄鏡鮫無兩靈府馬關寒潮馬
江烽燧擬得百年愁菩長河行
注恰並世英雄治平心緒漲落
須時待龍翔鳳翥

永遇樂

歲暮大雪適讀歐蘇穎

卅詩漫成一解

如密還蹠映空雜遝饕霻来去羽毳千尋飛龍百里鐍鑕知何許平疇煙歇廛居影隱暗卜約期誰度望天南同雲萬丈夢迷歸心無數　寒連嶽麓冰封樵

脈冷暖聯翩何遽黴册佳名重
来疑幻莫是沙原誤就中猶憶
西州黿裂不見商羊起舞凭翹
首塵氛洗瀹示人轉語

前調

白石橋

流瀑南潯飛瓊天目山水清遠
秀氣鍾靈雲開紫氣莫道歲將
晚幾番縈繫崢嶸意致震澤夏
秋寒暖捲西山虹橋倒影洞天
白石清澗 鯤鵬萬里寰球朝
夕三月紐城相伴小苑芳華憑

欄潮打橫跨長橋展連翩兩載

詩詞講論恍若霅溪初見也知

我香江阻隔寄心浩瀚

拜星月慢

中秋時在海東

葉靜流光花寒垂露徑曲鳴禽

暗換碧蘚輕颺正悠然庭苑故
鄉迴忽覺松風浩蕩千頃六代
繁華曾見桂魄冰心漸清暉光
爛　嫋情思信是神仙眷無窮
事盡在明湖畔卅載江左高標
歎風流雲散慕幽潛欲說沉浮

漫連滄海休道音書斷異日對
雰寵菱花莫嗟咨歲晚

望海潮

壬辰中秋與諸生飲於
海邊

藍田山外將軍澳畔良宵恰是

中秋圓月作明新潮暗湧高天
隱約雲樓長艦過龍舟岸頭閃
燈火光影輕浮細雨初來岸礁
閒坐豁凝眸　香江且自夷猶
共韶華俊彥同話鴻儔梅酒解
頤清言忘倦南雍共憶佳猷騰

笑遍荒陬興盡驚迴首明燭如
篝夜半重扶剩醉風起亂清流

前調

巴厘島山澗漂流

千峯環繞叢林繁茂飛湍擊石
橫流盪祓甲環長桀窸護迢迢

白浪輕舟凝息更凝眸恰坡注
良駿浩蕩難收泡漩迴環老藤
陰裏看浮漚
前舟倒舞戈矛
忽銀波激柱難覓兜鍪蘿串蚌
珠橋懸鐵棧依稀過澗獼猴新
歲此遨遊恁浩歌吟嘯揮手笠

篌最是船頭雀躍雲影醉颾颼

水調歌頭

八月十五夜

醞釀永宵景光影欲清寒閒尋叢碧金桂香暗過亭欄花下陰晴難測天外蒼茫競渡開閭變

雲巒更灑片時雨秋葦映檀欒
海風疾燈信亂晚潮繁星河
隱約莫是娥魄意闌珊槎渡從
來勤疊歎息中流凝滯何事起
狂瀾大纛憑持秉循軌有輝乾

漢宮春

華宴

歲晚滄江問天涯甚處盡是芳
菲翠樓華宴如雲冠蓋車帷瑤
宮閬苑競豪奢服饌瑰奇齊擁
簇高歌數曲清歡正是芳時
肆易庭空心懮歎朱門曳履冷

熱難期番番機樞反覆規仄人
欺船頭浪急水雲灣月色迷離
空自語高軒經過風流又屬他
誰

八聲甘州

讀西都賦寄友人

憶慈恩塔下誦新詩兩年月明多念雲橫秦嶺車遲周至冰沍黃河雨驟晴空一瞬白日忽蹉跎漫說杏林外柳色如波 且上高樓望遠長安不見費盡吟哦纔煙霏關鎖心事定如何共

當年憑窗對酒更幾番諧笑醉顏酡相期處古都琴瑟未歇歡歌

絳都春

紐城

高天銀燕飛萬里海天山水遼

遠世路荊榛麗日熏風紐城見
膝前稚子聲嬌軟纏綿處童真
情滿排編玩偶較量紙工域名
輕辯　歌囀新腔舊調更循誦
架上排排書卷假日小園明兔
駝羊爭相伴菜蔬花色從烹饌

更遠足賓州輾轉二三小鹿林
間推窗解喚

沁園春

紐黑文再訪耶魯奉諸
友人

東美年光漸緊熏風玉樹蕩煙

正残冬霽雪迷蒙曠野洪波急
舸晃漾長灣雲淡南飛雁来北
港萬頃蒼茫闊海天繁襟散總
青鸞暗引六合方圓　從来世
事因緣漸虹影斜垂雨後潭更
絲絛嫋繞金沙葉老風雲蕩激

白下潮還石瀑泉珠蒙城楓色
西北高樓夜未闌吟清籟對名
園窮窕寄意年年

前調

乙未春日偕曉明伉儷
蔣寅春泓雁平諸友人

塔門踏青

睇日芳郊十里春光萬頃遠陂正婆娑樹影勾交處處斂斜彎跗吐綻枝枝小道牛閒長空鷹勁雪浪千堆柏塹崖登臨處看巒重嶂疊天闊雲低　胸中無

盡煙霏逸興動休云年少癡更
穿林覓道低扶草莽攀巖引索
仰陟雲梯鴻雁南翔神京北望
一脈文心賴奉持香江地恁濤
驚湧怒無盡菩提
前調

舶返歲易漫成一解

何物微蒙宇宙滄桑瀚海揚塵
正南溟眺遠遨遊輪莽渺西窗話
舊客予逡巡市肆煙銷杏林日
暖風雪江天為抱薪江南路縱
花紅簇錦染鬢愁新　街衢流

語紛紜塵漫漫廬山甚故人歎

當頭迎面閃身避影扶門觸壁

憂毒疑菌苑户温標講堂口罩

日日家中深閉門輪軸裂盡天

涯咫尺雲渚星分

丹鳳吟

誦夢窗賦陳宗之芸居
樓時擬再仮江湖詩派
研究
長憶金陵遊處步月南園講談
西閣書香酒冽窗外凍星光爍
登堂問字疾書紳帶絳帳初瞻

瑜珠輕握檢點芸簽牘篋秉燭
揮毫寒室千轉巖壑　管領杭
城氣韻大街引到棚北陌舊雨
新知意恁交賒放借瀟灑簾幕
新篇嘉惠門前剌桐輕落漫漫
江湖刊小集啟詩聲闢鑰歲華

荏苒千載猶道著

金縷曲

八十年前彊村老人授

硯於忍寒先生囑以未

竟事業簡在人口豔稱

一時自華夏遘兇風流

雲散此硯亦不知所蹤
不意甲午春日復又重
現海上蓋文革前為風
雨龍吟室弟子湯氏所
藏乃知神物護惜不可
磨滅暑假間忍寒先生

哲嗣英才教授邀往同
觀爰成此解
往昔難迴首有誰知歌隨明月
酹招盃酒兩代硯傳慷慨事算
寞死生師友覓甚處朱欄青甃
壯歲驚心雲水怒莽中原驀見

雷霆走徧理董置君手　江南
昆玉滄桑後渺何時花間尋柘
肘旁生柳寶璐光華終不滅耿
耿恩深德久見說道音成宮九
硯底雕鐫輕拂拭淡墨痕似有
神靈守千古意又知否

前調

吴哥窟

榛莽彌天遠斧柯揮廟堂聖跡一朝迴轉真臘扶南稱雄勁盡入吴哥冠冕修耨犂農田汗漫四百年間千百寺洞薩湖城闕

連華宴成象緯贊経典　熙熙
邦國何由偃是遅羅甲兵屠城
疫瘟流散抑或殳林溝渠裂歲
歲啇風如剪驀轉首文華璀璨
最是悖狂紅巾隊滅儒坑禍較
千年鮮今古事撼心眼

前調

辛丑之歲數往返於香江紐城二月客舍閉門習靜因賦

孰道家為路遍寰中滔滔癘疫客懷難訴星月微茫悬孤驛榻

上遊心仰俯辨是處寬堂小廡
開合慣從高低拭更迴廊遮面
傳糜哺親友意微信晤　誰知
斗室安閒處度房櫳將行又轉
進趍迴顧窗畔門前來復去一
日踟躕萬步重簾外朝暉遠樹

卧看野雲悠然過漫長空三兩
飛鷗鷺書卷把夜深語

附施議對教授和作

望斷江南路道風光百年無
有忍從頭訴冬景可憐春華
似高屋川流低俯八音奏鈞

天廣廡楡莢抛錢人歸未綠
紋肥池上禽行哺誰策駕入
門晤　亦曾濠鏡垂綸處鎖
窗寒一彎新月對空相顧晝
永鍵盤尋書倦千里不移跬
步遐想寄落花煙樹待得神

州清零後遍塵凡来去自鷗
鷺皆勿是夢中語

前調

壬寅初春客路輾轉海
上雙鶩初分望中蒼茫
數日而始定用秋水軒

唱和韻

薄暮雲舒捲動。荒灣人潮洶湧。清興難遣，落日孤城長煙杳。紫蕊三春，紅弦頻極目，平蕪似剪。窗外廩倉車聲，杳滴水湖鷗鷺。波深淺，身束窘步仍屐。　南村

佳墅花光顯甚年時綿綿癘瘦
嘯呼盧扁三月春風揚綠柳林
薄蛙聲柔婉循棧道憂心須免
野蔓晴絲風嫋嫋鶴步輕律格
誇謨典成一笑俱開顏

多麗

壬戌之歲余入南大適逢校慶八十周年今年壬寅又逢吉日己為一百廿年之慶矣憑窗北朓斐然有作

入新元昊天一片澄明迅輪鞅

御風馳驟来叩吴下金陵絳帳依箴規八字朋儕聚講繹三更北苑琴聲南樓酒影法書奇字共鳴嚶訪典籍芸臺批讀讎校認蕪菁球壇事高低應手影亂繁星　廣黌門鉛丹漸辨德言

初解傳燈文山衣乾坤正氣白
石筆江湖詩聲錫邑神思迦陵
韻度孤山詞話記杭城跡南海
巔連北美四海深盟青衿意此
心長禱偉業恢弘

右半江樓詞鈔二卷吾友宏生所
著宏生學出南雍十五年前識於
香江一見如故其精研古典文學
著述繁富而治學之餘不廢吟
詠詩筆後邁填詞亦復擅場余在
港招邀同道有沙龍之倡或月

作一聚輒相與論學香江自然風景甚美每逢佳日余與友朋數人往往行山攬勝臨海誦詩優遊譚藝興會所至則拈題賦詠而與宏生唱和獨多信賞心樂事也此集情韻兼至文質相宣復有其門

苐子王翬為之謄錄王輝為之題簽亦學林之雅事文壇之嘉話也展讀數过如沐春風如飲佳釀爰綴數語於後壬寅夏日

蜀郡張隆溪謹跋

半江樓詞鈔

作者：張宏生
責任編輯：黎漢傑
書腰畫作：吳香洲
法律顧問：陳煦堂律師

出版：初文出版社有限公司
印刷：陽光印刷製本廠
發行：香港聯合書刊物流有限公司
香港新界荃灣德士古道
荃灣工業中心拾陸樓
臺灣總經銷：貿騰發賣股份有限公司
版次：貳零貳叁年拾月初版
國際書號：玖柒捌－玖捌捌－柒陸捌玖貳－陸－叁
定價：港幣壹佰陸拾捌元　新臺幣陸佰肆拾元
香港印刷及出版